La Folle Enchère

La Folle Enchère

par Mme Ulrich

pièce publiée en 1691 sous le nom de Dancourt

© 2021 – Ulrich/Noël

Édition : BoD – Books on Demand
12/14 rond-point des Champs-Élysées, 75008 Paris
Impression : BoD - Books on Demand, Norderstedt, Allemagne

Illustration : Photo libre de droits Piqsels

ISBN : 9782322399444

Dépôt légal : Octobre 2021

Madame Ulrich

Madame Ulrich (née vers 1665 et morte après 1707) est une autrice de théâtre et éditrice française. Elle est, avec Catherine Bernard et Charlotte Legrand, l'une des trois seules autrices à avoir fait jouer une pièce à la Comédie-Française au XVIIe siècle.

Biographie

Madame Ulrich était la fille de l'un des Vingt-Quatre Violons du roi Louis XIV. Au décès de son père, à l'âge de treize ou quatorze ans, elle fut mise en apprentissage chez un barbier. Ulrich, un maître d'hôtel du comte d'Auvergne, fit sa connaissance et décida de la placer dans un couvent en vue de l'épouser, malgré leur grande différence d'âge.
Elle fréquenta les milieux libertins de son temps, s'émancipant très vite de son statut d'épouse : elle fut amie de la duchesse de Choiseul-Praslin, eut pour amants le comédien Florent Carton, sieur d'Ancourt, dit Dancourt ; Jean de La Fontaine, le marquis de Sablé, et fréquenta le cercle du duc de Bouillon.

En 1690, elle écrivit puis publia une comédie de travestissement, *La Folle Enchère*. Créée le 30 mai 1690 à la Comédie-Française, elle fut représentée à Versailles, devant le roi. La pièce fut longtemps attribuée à son amant Florent Dancourt[1]. L'accord au féminin dans la rédaction de la préface et le style de la pièce ont permis d'attester l'auctorialité de Madame Ulrich. Selon André Blanc, "la composition soignée, le rôle considérable des déguisements et leur résolution finale, une certaine confusion parfois, une intention romanesque, l'attaque même de la comédie, fort brillante, ne ressemble guère à la manière de Dancourt de cette époque".

---

1 Elle figure, d'ailleurs, avec sept autres pièces (*Les Vendanges, La Gazette, La Coupe Enchantée, Les Bourgeoises à la Mode, Les Eaux de Bourbon, La Lotterie, et Les Vacances*), dans un Recueil : *Les Oeuvres de Mr Dancourt, contenant les nouvelles Pièces de Théâtre… Tome Second*, publié à La Haye, chez Étienne Foulque, en 1706, avec Privilège des États de Hollande.

Après la mort de son ami Jean de La Fontaine, Madame Ulrich publia en 1696 ses *Œuvres posthumes* : elle composa une préface et une épître dédicatoire au marquis de Sablé, pour rendre hommage à la mémoire du poète, et y inclut des œuvres inédites (dont le conte des *Quiproquos*, de nouvelles versions de certaines fables, dont elle possédait les manuscrits, des vers, et deux lettres que La Fontaine lui avait écrites). Un portrait de La Fontaine lui est également attribué.

Cependant, à partir de 1699, la liberté de mœurs de Madame Ulrich déplaît au pouvoir. Les plaisirs et divertissements du début de règne de Louis XIV ont laissé place à l'austérité et à la dévotion. Le contrôle de la société et des conduites transgressives s'intensifient. Après la répression de la prostitution, on met sous surveillance les courtisanes qui ont fui le puritanisme de la Cour pour les plaisirs de Paris et de ses salons libertins. Pour discipliner ces épouses ou filles rebelles qui s'affranchissent de la tutelle maritale ou paternelle, on les enferme aux Madelonnettes[2]. À la demande de Louis XIV et de Madame de Maintenon, les faits et gestes de Madame Ulrich sont surveillés. D'abord envoyée avec sa fille Thérèse dans un couvent en vue de sa repentance, elle est ensuite régulièrement arrêtée et enfermée aux Madelonnettes, dont elle s'évade, au Refuge, puis à l'Hôpital général. À partir de 1707, on ne trouve plus sa trace. D'après sa biographe Aurore Évain, « il semble qu'elle ait vécu les dernières années de sa vie en se faisant entretenir, sombrant peu à peu dans la prostitution ».

Loin de la « courtisane débauchée, mère indigne et muse vénale » à laquelle l'Histoire l'a longtemps réduite, Aurore Évain conclut que « les quelques éléments biographiques et littéraires que nous détenons permettent aujourd'hui de rétablir le portrait d'une femme libre, cultivée, écrivaine prometteuse [...], mais dont la reconnaissance auctoriale et la création littéraire furent violemment contrariées par les conditions sociales et morales imposées aux femmes ».

---

2   Les Madelonnettes est l'appellation courante de l'ordre des filles de Marie-Madeleine (ou religieuses de l'ordre de la Madeleine), censées accueillir et aider les anciennes prostituées ou des « victimes de la séduction qui avaient fait un retour sur elles-mêmes ». Il a compté plusieurs établissements en France et en Europe, dont un des plus connus est celui de Paris, fondé au début du XVIIe siècle.

La Folle Enchère

Éraste aime Angélique, qui le lui rend bien. Ils sont jeunes et veulent se marier. Mais la mère d'Éraste s'y oppose : Madame Argante, bourgeoise fortunée, vieille coquette refusant d'assumer son âge et ses rides, va pourtant tomber à pieds joints dans la machination, ourdie depuis quelque temps déjà. Ainsi, Angélique, grimée en jeune comte, fait la cour à Mme Argante, qui se voit remariée.
Aidés par les valets d'Éraste, Merlin et Champagne, ainsi que de Lisette, soubrette de la mère, ils lui concoctent une fourberie à la Scapin, l'amenant à lâcher bien plus qu'elle n'aurait voulu devant notaire, face à un faux beau-père et une fausse marquise, qui s'évanouissent dès le tour joué.

La pièce multiplie sur un ton burlesque les travestissements et offre une peinture très cynique des mœurs de l'époque, où les rapports sociaux se résument à des jeux de dupes. Le travestissement d'Angélique est l'occasion de faire une satire du comportement des jeunes hommes à la mode, qui se définissent par leur capacité à jurer, à se battre et à multiplier les conquêtes[3]. Le titre est une référence au dénouement, qui conduit à la mise aux enchères, puis à l'enlèvement du faux comte par une fausse marquise.

La création de la pièce a lieu le 30 mai 1690 et est jouée 9 fois jusqu'au 16 juin. Une reprise a lieu les 14 et 16 janvier 1691, puis le 14 novembre à la Cour. La distribution comprenait Florent et Thérèse Dancourt, Mlle Beauval, Mlle Durieu, M. Du Périer, M. Raisin, M. Desmares, M. Beauval, et le comédien La Grange, spécialiste des rôles travestis, qui interpréta le valet Champagne déguisé en marquise.
Il est à préciser que Florent Dancourt est un habitué des pièces de Molière. Le ton de la comédie ne dépare pas de son registre habituel, avec une intensité dramatique croissant jusqu'aux enchères, pour finir un peu en queue de poisson.

La première édition moderne de la pièce publiée sous le nom de Madame Ulrich date de 2011. La première mise en scène moderne est pro-

---

3   La vie de minet, quoi.

posée en 2019 par la compagnie La Subversive, dans une mise en scène d'Aurore Évain.

La pièce présentée ici est tirée d'un in-12 édité à Paris, en 1691, chez la Veuve Louis Gontois. Elle a été retravaillée, le Français du XVII° étant devenu difficilement lisible, car assez éloigné de l'actuel.

La qualité originelle, par ailleurs, laisse beaucoup à désirer : l'ouvrage est truffé de coquilles et de fautes. Ces dernières ont été corrigées, et la ponctuation en a été revue. Hormis ces rectifications, d'orthographe et de ponctuation, le texte n'a pas été changé d'un iota.
Ah ! une numération erronée des dernières scènes de la pièce a également été rectifiée.

Enfin, comme moi-même je me perdais, à force, dans les monnaies mentionnées par les personnages, j'ai décidé de vous fournir un petit topo.

Je vous en souhaite une agréable lecture.

Christophe Noël

LES MONNAIES

Plusieurs monnaies sont évoquées dans cette pièce. Il est vrai que c'était la coutume de jongler entre les différentes valeurs, depuis le Moyen-âge – d'où d'ailleurs la présence de changeurs, qui convertissaient les pièces étrangères en monnaie courante.

1) Commençons par le plus récent - et familier pour ceux qui ont connu la période avant l'Euro -, **le Franc.**

Le **franc à cheval** est le premier franc français, monnaie d'or à 24 carats pesant 3,88 grammes, émise pour financer la rançon du roi Jean II le Bon (1350-1364), prisonnier des Anglais. Créé le 5 décembre 1360, et mis en circulation en février 1361 jusqu'en 1364. Bien que le nom « franc » signifie « libre », il est plus probable que le nom de la monnaie vienne tout simplement de l'inscription ''Francorum Rex'' gravée sur la pièce. Le franc fut émis à la valeur d'une **livre tournois**, et le mot franc devint vite synonyme de livre.

À la suite du succès rencontré par un premier franc or, le franc à cheval, frappé sous le règne du roi Jean II le Bon, son fils et successeur Charles V va également faire frapper un franc or en 1365, cette devise est remplacée par le franc d'argent (ou **franc à pied**) en 1575 sous le règne d'Henri III de France.

Le **franc français** : après les épisodes du franc à cheval (1361-1364) et du franc à pied (1365-1575), le terme monétaire de franc désignant le franc d'argent (1575-1643) est toujours utilisé sous les règnes d'Henri III, Henri IV et Louis XIII pour désigner une grosse pièce d'argent de 14 g et ses divisionnaires : demi-franc et quart de franc. Sous l'Ancien Régime, le franc est le plus souvent l'autre appellation de la livre tournois. Au XVIIe et au XVIIIe siècle, dans l'esprit du public, 1 livre = 1 franc. La loi du 18 germinal an III (7 avril 1795) abolit l'ancien système fondé sur la livre et instaure, en France, le système monétaire décimal (1 franc = 10 décimes = 100 centimes), matérialisé par la pièce de 5 francs « Union et Force » gravée par A. Dupré : on abandonne le séculaire système livre-sou-denier au profit du franc germinal et du système décimal francs et centimes. L'**écu** d'argent de six livres de 30 g est remplacé par une pièce de cinq francs de 25 g. En 1800, les louis d'or et doubles louis sont remplacés par des pièces de 20 et 40 francs en or. Le franc va alors être utilisé en France pendant plus de deux siècles.

2) La Livre française

La livre est une monnaie de compte utilisée en France de 781 à 1795, date à laquelle elle est remplacée par le **franc**.

La monnaie de compte française s'appelle officiellement « livre » (sans autre précision) seulement à partir de 1780, après une série de crises financières en Europe (1770-1773). Auparavant, on distinguait **livre tournois** (frappée originellement à Tours) et **livre parisis** (frappée à Paris). Dans le système de l'Ancien régime, elle valait 20 sous, soit 240 deniers, tout comme ce fut le cas de la livre sterling (1 livre = 20 shillings = 240 pence c'est-à-dire £1 = 20s = 240d) jusqu'au 14 février 1971, veille du « Decimal Day ».

Succédant au système monétaire romain, la **livre parisis** devient la monnaie de compte officielle du domaine royal à compter du règne de Pépin le Bref qui, en 755, ordonne qu'il ne soit pas frappé plus de 22 sols dans une livre. En 779, Charlemagne, son successeur, indique que la livre équivaut à 20 sols. Toutefois, il ne sera frappé durant cette période que des deniers en argent, lequel reste l'unité de compte courante.

En 1203, la Touraine est rattachée au domaine royal de Philippe II. La monnaie officielle devient alors la livre tournois, frappée d'abord à Tours. Les deux livres vont coexister, sachant que la valeur de la livre parisis s'établit à 1,25 livre tournois (soit 1 lp = 25 sols tournois).

Entre 1263 et 1266, Saint Louis réévalue la livre tournois, celle-ci chassant l'ancienne monnaie qui toutefois persista dans le nord de la France (Artois) et en Flandre.

En avril 1667, Louis XIV, par une ordonnance, donne l'obligation de compter dorénavant par livres, sous et deniers, mais sans distinction de système. Les anciennes valeurs parisis, temporairement admises, doivent être désormais réévaluées et converties en livres tournois.

3) Le louis et l'écu

C'est en 1640 que Louis XIII, par l'entremise de Claude de Bullion, décide de réformer le système monétaire français, pour stabiliser la monnaie, et rivaliser avec les monnaies espagnoles comme le doublon.

Avant cette date, la France possédait comme monnaies d'or : **l'écu d'or**. L'écu d'or frappé sous Louis XIII pèse 3,375 g et équivaut à cette époque à **5 livres tournois** (LT) **et 15 sols** soit 1 560 deniers, selon le système de comptabilité monétaire livre/sol/denier (1 LT = 20 sols = 240 deniers), qui va rester en vigueur jusqu'en 1795. Des **écus d'argent** sont frappés et sont appelés « *écus de 6 livres* ». La livre équivaut à un peu plus de 0,6 g d'or pur.

La création du louis d'or est décidée par la déclaration donnée à Saint-Germain-en-Laye le 31 mars 1640 : il pèse 6,752 g, soit la valeur de **deux écus d'or**, donc 11 livres et 10 sols.

Le louis sera rebaptisé napoléon, changement de régime oblige, et vaudra 20 francs, contenant 5,805 grammes d'or pur, créée le 28 mars 1803 par le Premier Consul Napoléon Bonaparte.

4) La pistole

La pistole est une appellation qui servait, en français, à qualifier notamment certaines pièces d'or émises d'abord en Italie et en Espagne à partir du XVIe siècle. La pistole devient une unité de compte, assez informelle, entre la fin du XVIIe et le début du XVIIIe siècle ; elle est l'équivalent d'un louis d'or de 10 livres tournois.

Ce petit tour, non exhaustif, permettra d'y voir un peu plus clair dans ce système bien complexe.

PRÉFACE

Cette petite comédie a extrêmement diverti tous ceux qui en ont vu les représentations, & je me suis étonnée[1] moi-même que sans aucune connaissance des règles du Théâtre[2], j'aie pu faire quelque chose qui ait mérité du Public une attention favorable.
Mais l'esprit & le bon sens sont les meilleures règles que l'on puisse suivre ; choisir un bon sujet, donner des intérêts pressants à ses Personnages, faire naître des obstacles à leurs desseins, & surmonter ces difficultés. Voilà tout ce que je sais, & je ne crois pas qu'il soit absolument besoin d'en savoir davantage, puisqu'avec cela j'ai trouvé le secret de réussir ; peut-être suis-je un peu redevable de cet heureux succès à la manière dont ma Comédie a été représentée ; je souhaite qu'elle plaise autant sur le papier, que sur le Théâtre, pour me pouvoir flatter de n'avoir d'obligation qu'à moi-même des applaudissements qu'on lui aura donnés.

non signé

[suivi du Privilège du Roy – signé L. AUBOIN, Syndic
Achevé d'imprimer le 8 Février 1691]

---

1   Le féminin plaide en faveur de Mme Ulrich, et non de Florent Dancourt, nom avancé en couverture.
2   « Sans connaissance des règles du Théâtre » : pourtant, la règle des 3 Unités : de lieu, de temps, et d'action ; sont bien respectées. Autre élément qui penche en faveur de l'auctoriat de Mme Ulrich, Dancourt étant un acteur rompu au théâtre : en tant qu'acteur, mais également en temps qu'auteur (ou prétendu l'être), avec 80 pièces à son actif.

PERSONNAGES :

Madame ARGANTE
ERASTE, fils de Madame Argante
ANGELIQUE, Maîtresse d'Éraste déguisée en Cavalier
LISETTE, domestique de Madame Argante
Monsieur de BONNEFOY, notaire
JASMIN, laquais de Madame Argante
MERLIN   )
CHAMPAGNE) Valets d'Eraste
LA FLEUR   )

La scène se passe chez Madame Argante.

LA FOLLE ENCHÈRE

COMÉDIE

SCÈNE PREMIÈRE

MERLIN, CHAMPAGNE

MERLIN : Hé bien Monsieur Champagne, où diantre venez-vous ? vous n'avez que faire ici.

CHAMPAGNE : Tu ne me dis pas la moitié des choses.

MERLIN : Allez-vous-en m'attendre où je vous ai dit.

CHAMPAGNE : Mais ce carrosse ?

MERLIN : Il est tout prêt.

CHAMPAGNE : N'y passerai-je point en chemin faisant ?

MERLIN : Non ?

CHAMPAGNE : Mon bonnet coiffé, mes fontanges[3] ?

MERLIN : Tout l'équipage est au logis : Va-t'en bourreau, et me laisse ici.
CHAMPAGNE : Si quelque chose manque, Monsieur s'en prendra à moi.

---
3   La fontange est une coiffure féminine créée en France à la fin du XVIIe et au début du XVIIIe siècle. Il s'agit d'un édifice à plusieurs étages composé de fils d'archal (fils métalliques), sur lesquels était placée une série de dentelles empesées et séparées par des rubans ornés de boucles de cheveux qui les recouvraient entièrement. - Il s'agit là du déguisement utile pour les scènes suivantes, dans son rôle de Marquise.

MERLIN : Rien ne manquera, je t'en réponds.

CHAMPAGNE : Adieu donc.

MERLIN : Il faut prendre La Fleur avec toi.

CHAMPAGNE : Je l'amènerai.

MERLIN : Écoute, écoute, ne t'avise pas de laisser ta moustache au moins.

CHAMPAGNE : Tu as bien fait de m'en avertir, je l'aurais oublié. Voici Monsieur, je vais l'attendre de pied ferme.

SCÈNE II

ÉRASTE, MERLIN

ÉRASTE : Hé bien, verrai-je la fin de tout ceci ? Angélique demeurera-t-elle encore longtemps déguisée sous les apparences trompeuses d'un autre sexe que le sien ? je suis dans une impatience…

MERLIN : Allons bride en main, s'il vous plaît, l'impatience la plus violente n'avance pas une affaire du moindre petit moment.

ÉRASTE : Avec quelle dureté, avec quelle prévention ma mère a refusé de consentir à mon mariage, sans vouloir apprendre même le nom ni la famille de la personne que j'aime !

MERLIN : Mais en revanche Monsieur, avec quelle fermeté, avec quelle grandeur d'âme vous êtes-vous résolu à la fourber.

ÉRASTE : Quelle raison peut-elle avoir eue ?
MERLIN : Monsieur, elle veut être jeune, en dépit de sa nature ; en vous

mariant vous la feriez grand-mère, et le titre de grand-mère vieillit ordinairement une femme de quinze bonnes années des plus complètes.

ÉRASTE : Il faudra bien pourtant...

MERLIN : Oh assurément il faudra bien qu'elle le devienne, vertu de ma vie, vous n'êtes ni de taille ni d'humeur à mourir sans héritiers, je vous connais.

ÉRASTE : Mon pauvre Merlin, je veux tenter aujourd'hui l'exécution de ce que nous avons projeté.

MERLIN : Il faut savoir auparavant au juste dans quelle situation est le cœur de Madame votre mère pour le petit Comte supposé.

ÉRASTE : Elle l'aime à la fureur, je t'en réponds ; Angélique est charmante dans ce déguisement.

MERLIN : Elle s'y plaît assez à elle-même, et je ne sais si elle a autant d'empressement que vous de le voir finir.

ÉRASTE : Pour moi je ne puis vivre dans l'incertitude.

MERLIN : On vous en tirera le plutôt qu'on pourra, Madame votre mère ne me soupçonne point d'être à vous.

ÉRASTE : Comment le soupçonnerait-elle, nous ne venons jamais chez elle, ni toi ni moi, que quand nous sommes sûrs de ne la point trouver.

MERLIN : C'est une étrange mère franchement, et la noble aversion qu'elle a pour vous, mérite assez la petite friponnerie que nous allons lui faire.

ÉRASTE : Mais crois-tu que Champagne ait assez d'esprit ?

MERLIN : Comment assez d'esprit ? c'est un de mes élèves, il fera la fausse Marquise à merveille, ne vous mettez pas en peine ; Lisette est dans vos intérêts.

ÉRASTE : J'ai tout lieu de le présumer.

MERLIN : Assurez-vous-en ; et le notaire de Madame votre mère ?

ÉRASTE : J'ai vaincu ses scrupules, il ne tient plus qu'à de l'argent.

MERLIN : Il est bon homme.

ÉRASTE : Le meilleur homme du monde, mais il m'a demandé mille écus pour rendre un si bon office.

MERLIN : Mille écus, c'est donner les choses pour rien ; je tirerai cette somme de Madame votre mère, et quelque chose de plus même : comme j'avais prévu que nous aurions besoin d'argent, j'ai déjà pris mes mesures, et la machine est toute trouvée. Voici Lisette.

SCÈNE III

ÉRASTE, LISETTE, MERLIN

ÉRASTE : Je t'attendais avec impatience ; hé bien ma chère Lisette peux-tu me rendre un compte exact des sentiments de ma mère ? t'a-t-elle ouvert son cœur ? crois-tu sa tendresse assez forte…

LISETTE : Cela passe l'imagination, et je ne sais pas si vous ne devriez point faire conscience d'avoir aidé à la mettre dans l'état où elle est.

MERLIN : Comment conscience ! une mère, parce qu'elle est maîtresse de tout le bien, se croira en droit de faire enrager Monsieur son fils, elle lui refusera son consentement pour un mariage honnête ! Elle ne voudra lui faire aucunes avances sur sa succession ; et moi qui fais profession d'être le vengeur des injustices, je verrai cela d'un œil tranquille ; non, je ne ferai point ce tort à ma réputation, et la bonne Dame apprendra à se connaître en gens sur ma parole.

LISETTE : Un de mes étonnements, est qu'elle s'y connaisse si peu, car enfin quelque bon air qu'ait Mademoiselle Angélique, quelque peu embarrassée qu'elle soit de son déguisement, une fille n'est point faite comme un homme, et je m'apercevrais fort bien de la différence.

MERLIN : Oh diable ! tu es une connaisseuse.

ÉRASTE : Ma pauvre Lisette, garde-toi bien de rien dire qui puisse donner à ma mère aucun soupçon de la vérité.

LISETTE : Ne craignez rien, je suis bonne personne ; mais dépêchez-vous de venir au fait, elle pourrait à la fin s'apercevoir que Monsieur le Comte n'est qu'une Comtesse.

ÉRASTE : Elle a raison, il est temps d'agir.

MERLIN : Agissons donc, j'y consens ; allez avertir Angélique de se rendre ici. Le Chevalier de Pharnabasac veut être payé ; elle sait ce que cela signifie ; pour vous, attendez mes ordres chez le notaire, j'irai vous porter les trois cents louis moi-même Adieu, voici bientôt les moments qui décideront de votre destinée.

ÉRASTE : Si vous me la rendez heureuse, je vous promets de la partager avec vous.

MERLIN : Les belles paroles ne coûtent rien.

ÉRASTE : Ce ne sont point de simples paroles ; tiens Lisette, je suis fâché qu'il n'y ait que trente pistoles dans ma bourse, mais achètes-en des fontanges, je te prie.

LISETTE : Voilà le plus heureux présage du monde.

MERLIN : Monsieur.

ÉRASTE : Que veux-tu ?
MERLIN : Ne trouvez-vous point que j'aurais besoin d'un petit chapeau ?

ÉRASTE : Je n'aurai jamais rien qui ne soit à toi, sur ma parole.

SCÈNE IV

LISETTE, MERLIN

MERLIN : Te voilà bien assez *enfontangée*, à ce qu'il me semble.

LISETTE : L'aimable petit homme que ton maître !

MERLIN : Tu ne l'avais jamais trouvé si joli.

LISETTE : Moi je l'ai toujours aimé d'inclination ; il faut savoir tous les soins que j'ai pris pour mettre l'esprit de Madame dans la situation dont nous avons besoin pour le succès de notre entreprise.

MERLIN : Et penses-tu qu'il y soit, là parlons sérieusement, donne-t-elle de bonne foi dans le parfait amour, est-elle bien persuadée ?...

LISETTE : Et comment voudrais-tu qu'elle ne le fût pas, elle est vieillotte et très coquette. Un jeune garçon, ou qui paraît l'être du moins tout des plus beaux, et des mieux faits, s'attache à lui en conter : elle serait bien ennemie d'elle-même si elle ne le croyait pas.

MERLIN : Tu as raison.

LISETTE : Il lui dit qu'elle est jeune et jolie ; y a-t-il rien de plus facile à persuader ? elle est bien contente d'elle depuis quelque temps.

MERLIN : Et les miroirs ne troublent-ils point un peu son petit contentement ?

LISETTE : Bon les miroirs, je parierais qu'elle s'est mis en tête que le goût change pour les visages, et que les plus ridés deviennent les plus à la mode.

MERLIN : Mais en effet il y a mille Coquettes à Paris qui n'en portent point d'autres. Venons au fait, est-elle prévenue que Monsieur le Comte dépend d'un père avare, fâcheux, violent, impérieux, bourru, capricieux, brutal même ; il était bon d'aller jusque-là.

LISETTE : Comme je sais que c'est toi qui dois faire ce père-là, j'en ai fait un portrait le plus impertinent qu'il m'a été possible.

MERLIN : Fort bien ; lui a-t-on fait entendre que ce père a une fille qu'il aime tendrement, et qu'il veut absolument la voir mariée avant que de souffrir aucun établissement à Monsieur son fils ?

LISETTE : Nous ne l'entretenons d'autre chose.

MERLIN : Fort bien, c'est le nœud de l'affaire. Monsieur le Comte a-t-il fait connaître adroitement à Madame Argante qu'il a besoin d'argent ?

LISETTE : Elle en est parfaitement persuadée, mais la Dame est avare, je t'en avertis.

MERLIN : Il n'importe, elle est amoureuse ; je te réponds de tout, tu n'as qu'à faire la guerre à l'œil[4], et nous seconder Champagne et moi.

LISETTE : Voici Madame, il serait bon qu'elle ne te vît pas.

MERLIN : Cela ne gâtera rien, au contraire j'ai une botte à lui porter.

---

4 Observer avec soin ce qui se fait afin de profiter des conjonctures.

SCÈNE V

Madame ARGANTE, LISETTE, MERLIN

Mme ARGANTE : Ah ! ma pauvre Lisette, je me meurs de chagrin.

LISETTE : Comment donc, Madame, qu'y a-t-il de nouveau ?

Mme ARGANTE : Je n'en puis plus, je suis au désespoir ; qui est cet homme-là ?

LISETTE : C'est…

Mme ARGANTE : Quoi c'est ? que veux-tu mon enfant ? qui t'amène ici ?

MERLIN : C'est ma Maîtresse qui m'y envoie, Madame.

Mme ARGANTE : Et qui est-elle, ta maîtresse ?

MERLIN : La Marquise de la Tribaudière, Madame ; j'apportais un billet de sa part à Monsieur le Comte.

Mme ARGANTE : Un billet à Monsieur le Comte ?

MERLIN : Oui Madame, mais je vais dire à ma maîtresse que je ne l'ai point trouvé, et que j'ai eu seulement l'honneur de faire la révérence à Madame sa grand-mère.

Mme ARGANTE : Comment grand-mère ? grand-mère ! moi, moi, grand-mère ? mais voyez un peu cet insolent ! est-ce que j'ai l'air d'une grand-mère ?

LISETTE : On ne peut pas se méprendre plus grossièrement.

Mme ARGANTE : Il semble que tout soit fait aujourd'hui pour me désespérer.

LISETTE : Que vous est-il donc arrivé ?

Mme ARGANTE : Je viens de rencontrer le petit Comte dans un carrosse.

LISETTE : Hé bien, Madame ?

Mme ARGANTE : Mon coquin de fils était avec lui.

LISETTE : Quoi, Madame, est-ce qu'ils se connaissent ?

Mme ARGANTE : Je ne crois pas ; mais Éraste aura su que nous nous aimons, il lui va faire cent sots contes de moi.

LISETTE : Oh Madame ! il a trop de respect.

Mme ARGANTE : Lui, du respect ! c'est un petit dénaturé qui ne veut pas que je me marie.

LISETTE : Le petit ridicule !

Mme ARGANTE : Il porte exprès des perruques brunes, et il dit partout qu'il a trente-cinq ans, pour m'empêcher de paraître aussi jeune que je le suis.

LISETTE : Le méchant esprit ! il n'en pas encore vingt, je gage.

Mme ARGANTE : Assurément il ne les a pas, et quand je le fis, j'étais si jeune, si jeune ! que c'est un miracle que je l'aie fait.

LISETTE : Et le petit ingrat ne vous sait point gré d'avoir fait un miracle !

Mme ARGANTE : Je me vengerai de son ingratitude, et je veux me dépêcher de devenir Comtesse.

LISETTE : Vous ne sauriez prendre un meilleur parti.

Mme ARGANTE : Tout ce qui m'inquiète, c'est que le petit Comte est bien joli homme et les jolis gens aujourd'hui sont rarement sans beaucoup d'intrigues.

LISETTE : Et quand il en aurait, Madame, il ne devrait vous en paraître que plus aimable. De bonne foi, vous accommoderiez-vous d'un amant qui n'aurait aucun sacrifice à vous faire ?

Mme ARGANTE : Non, je ne voudrais point un mari qui me sacrifiât à ses maîtresses.

LISETTE : Ma foi, Madame, je répondrais bien de celui-ci, et je mettrais ma main au feu qu'il ne vous fera jamais d'infidélité.

Mme ARGANTE : Tu vois qu'on lui envoie des billets jusque chez moi.

LISETTE : Ce n'est pas sa faute.

Mme ARGANTE : Je saurai bien des choses avant qu'il soit peu.

LISETTE : Comment donc, Madame ?

Mme ARGANTE : Il y a une adroite de par le monde, qui depuis quelques jours prend soin d'observer sa conduite.

SCÈNE VI

Madame ARGANTE, LISETTE, JASMIN

JASMIN : Voilà cette grosse Madame qui fut hier si longtemps avec vous.

Mme ARGANTE : C'est elle qui vient m'apprendre des nouvelles ; demeure ici Lisette, et si le Comte vient tu l'amuseras quelques moments.

SCÈNE VII

LISETTE, seule.

LISETTE : Oui, par ma foi, tout ceci pourrait bien ne pas tourner aussi heureusement que Monsieur Merlin se l'est imaginé ; cette femme est soupçonneuse, elle cherche à découvrir quelques intrigues de notre petit Comte, et elle découvrira peut-être qu'il ne lui est pas possible d'en avoir ; mais le voici.

SCÈNE VIII

ANGÉLIQUE, en habit d'homme, LISETTE

ANGÉLIQUE : Eh ! non, non, mon enfant, dis à ta maîtresse que cela ne se peut, j'ai d'autres affaires, j'ai d'autres affaires te dis-je. Voilà trente fois que je te le répète, fais-moi le plaisir de ne plus m'importuner.

LISETTE : Vous vous expliquez cruellement, et vous avez, à ce que je vois, plus de bonnes fortunes que vous n'en voulez.

ANGÉLIQUE : Ah le fatiguant métier que celui d'un joli homme, je ne le suis qu'en apparence, et je n'ai pas un moment à moi, femmes de robe Maltôtières[5], femmes de qualité bourgeoises, on ne sait de quel côté se

---

5 En droit médiéval, une maltôte est une levée d'un impôt extraordinaire qui s'appliquait à des biens de consommation courante (le vin, la bière, la cire...), en vue de faire face à des dépenses, elles aussi, extraordinaires. De manière générale, ce fut pour financer le coût de certaines guerres ou des travaux de fortification.
Maltotiers, « a été appliqué, moins par injure que par gausserie, aux officiers ou autres personnages employés à la perception des impôts » et par extension, à celui qui exige des droits qui ne sont point dus.

tourner ; il y a la femme d'un banquier qui me persécute, et partout où je suis il pleut des grisons[6] et des billets de sa part.

LISETTE : Voilà de pauvres femmes bien mal adressées ? est-il possible que tant de froideur ne rebute point les unes, ou ne fasse point ouvrir les yeux aux autres, je m'étonne que quelque rusée n'en devine point la véritable raison.

ANGÉLIQUE : Parbleu je les défie toutes tant qu'elles sont de la deviner ; arrivée depuis trois mois seulement de la Province la plus reculée, je n'ai commencé à briller dans le beau monde que sous ce déguisement, et de l'air dont je fais le jeune homme, je donne aux yeux les plus pénétrants à démêler que je ne le suis pas.

LISETTE : Oui, pour les airs de nos jeunes gens, vous les prenez tous à merveille, et il semble que vous les ayez étudiés toute votre vie.

ANGÉLIQUE : Je les copie d'un bout à l'autre, je n'ai de la complaisance que pour moi, des égards pour qui que ce soit, un palsambleu ne me coûte rien devant des femmes de qualité ; même je brusque de sang-froid la plus jolie personne du monde. Je suis insolent avec les personnes de robe, honnête et civil pour les gens d'épée ; pour les Abbés je les désole, je prends force tabac d'assez bonne grâce, et je serais parfait jeune homme si je pouvais devenir ivrogne.

LISETTE : Il est vrai, c'est la seule chose qui vous manque ; mais toutes ces personnes ne serviront de rien pour votre affaire, et Madame Argante est peut-être détrompée à l'heure qu'il est.

ANGÉLIQUE : Comment ?

LISETTE : Elle vous a fait épier, et on lui rend compte de tout.

ANGÉLIQUE : Ah ! je sais ce que c'est, son espion est à nous ; et on ne lui dit rien que Merlin n'ait dicté, et les soins qu'elle a pris ne serviront qu'à mieux la tromper.

---

6   Homme de livrée que l'on faisait habiller de gris pour l'employer à quelque mission secrète ; valets qui ne portaient pas de couleurs.

LISETTE : Cela est heureux, elle vient de voir Éraste avec vous.

ANGÉLIQUE : Nous l'avons bien voulu.

LISETTE : C'est-à-dire que nous touchons au dénouement.

ANGÉLIQUE : Je ne l'envisage qu'avec frayeur, et j'aurais voulu pouvoir être heureuse sans le recours de tous les artifices dont nous nous servons.

LISETTE : Ces bons sentiments excusent tout ; c'est une belle chose que l'intention.

ANGÉLIQUE : Merlin ne va-t-il pas venir ?

LISETTE : Apparemment vous êtes instruite de tout ce que vous avez à faire.

ANGÉLIQUE : Je sais mes rôles par cœur.

LISETTE : Songez à vous en bien tirer, je crois entendre Madame.

ANGÉLIQUE : Tu ne me disais pas qu'elle était au logis ; si elle nous avait écoutées !

LISETTE : Elle pourrait avoir écouté sans avoir entendu, la salle est grande, et la bonne Dame n'a pas l'oreille fine ; mais pour plus de sûreté, cachez-vous un moment, et me laissez prendre langue ; dépêchez vite, la voici, elle ne paraît pas de bonne humeur.

SCÈNE IX

Madame ARGANTE, LISETTE

Mme ARGANTE : Hé bien Lisette, il n'est point venu ?

LISETTE : Non, Madame.

Mme ARGANTE : Le scélérat ! il n'a envoyé personne ?

LISETTE : Non, Madame.

Mme ARGANTE : Petit monstre de perfidie !

LISETTE : Votre chagrin est encore augmenté.

Mme ARGANTE : Tu sais les termes où nous en sommes, et tu vois bien par ses manières, qu'il ne tient qu'à moi de l'épouser.

LISETTE : Hé bien Madame ?

Mme ARGANTE : Hé bien Lisette, il est dans la même disposition pour une douzaine d'autres.

LISETTE : Pour une douzaine d'autres ?

Mme ARGANTE : Il y a entre autres une certaine vieille Marquise, avec qui l'on dit qu'il a des engagements très forts.

LISETTE : Hâtez-vous de le prendre, Madame, il vous échappera ; vous n'avez point de temps à perdre. Le voici.

Mme ARGANTE : Ah ! ma pauvre Lisette, malgré tout ce qu'on m'en a dit, je n'aurai pas la force de le quereller.

LISETTE : La pauvre femme !

SCÈNE X

Madame ARGANTE, ANGÉLIQUE, LISETTE

ANGÉLIQUE : En vérité, Madame, il m'a fallu essuyer ce matin une fatigante conversation.

Mme ARGANTE : Mon coquin de fils aura parlé, je l'avais bien prévu.

ANGÉLIQUE : Le déplaisant animal qu'une vieille amoureuse !

LISETTE : Le beau compliment à lui faire !

Mme ARGANTE : Elles ne vous paraissent pas toutes si affreuses, Monsieur, et certaine Marquise entre autres…

ANGÉLIQUE : Oui, Madame, justement ; c'est une Marquise qui m'a tant ennuyé. La vieille folle !

LISETTE : N'est-ce point elle qui vous envoie chercher jusques ici ?

ANGÉLIQUE : C'est elle-même apparemment.

LISETTE : Je ne sais point quel âge elle a, mais son valet de chambre prend tout le monde pour des grand-messes. Demandez à Madame !

Mme ARGANTE : Tais-toi Lisette, on n'a que faire de savoir ces sortes de bagatelles.

ANGÉLIQUE : C'est une femme qui me désole, elle me perd de réputation. Comment, Madame ? elle publie partout que je suis amoureux d'elle, que je brûle d'impatience de devenir son mari.

Mme ARGANTE : Il est vrai que toute la terre en parle de la même manière.

ANGÉLIQUE : Ce bruit est venu jusqu'à vous ?

LISETTE : Vraiment, vraiment, il nous en est venu de bien plus terribles !

ANGÉLIQUE : Quoi Lisette ?

LISETTE : On a fait entendre à Madame, que vous êtes le Héros de la coquetterie.

ANGÉLIQUE : Moi le Héros ! j'en suis le martyr, et malgré toute la tendresse que j'ai pour vous, je serai forcé de vous quitter, et d'aller faire le reste de la Campagne.

Mme ARGANTE : Le reste de la Campagne ; que dites-vous ?

ANGÉLIQUE : Je suis accablé d'aventures ; la plupart des jeunes gens sont à l'armée, toutes les Coquettes de Paris me tombent sur les bras.

LISETTE : Et mort de ma vie qu'elles sont folles, il y a tant d'autres gens qui ne savent que faire ; et la Robe ne fournit-elle pas d'aussi jolis hommes que l'Épée ? Il me semble pour moi qu'un jeune Avocat en été vaut encore mieux qu'un vieux Colonel pendant le quartier d'hiver.

ANGÉLIQUE : Tu as raison ; mais les femmes du monde raisonnent-elles ? il n'y a que de l'étoile et du caprice dans tout ce qu'elles font.

LISETTE : C'est-à-dire que vous êtes à présent l'objet de l'étoile et du caprice.

Mme ARGANTE : Monsieur le Comte ne vous en allez point, si vous ne voulez me désespérer.

ANGÉLIQUE : Dites-moi donc ce que vous voulez que je fasse.

LISETTE : Eh pourquoi tant hésiter ? vous vous aimez tous deux ; faut-il faire tant de façons ? Un bon mariage dans les formes guérira Madame de ses soupçons, et vous pourra mettre à couvert des persécutions qu'on vous fait.

Mme ARGANTE : Vous ne répondez point à cela, Monsieur le Comte.

ANGÉLIQUE : C'est à moi d'attendre que je sache ce que vous en pensez.

Mme ARGANTE : Lisette me paraît une fille de fort bon conseil.

LISETTE : N'est-il pas vrai ?

ANGÉLIQUE : Mais Madame, à moins que cette affaire ne soit extrêmement secrète.

Mme ARGANTE : Elle le sera ; j'ai un notaire qui est la discrétion-même. Lisette, qu'on fasse dire à Monsieur de Bonnefoy que je le prie de venir ici.

LISETTE : Voilà l'affaire en bon chemin.

SCÈNE XI

Madame ARGANTE, ANGÉLIQUE

Mme ARGANTE : Je ne sais que penser, Monsieur ; vous voulez ménager mes rivales, puisque vous voulez éviter l'éclat.

ANGÉLIQUE : Moi, Madame ! Je les méprise toutes ; mais je vous ai parlé cent fois de l'humeur bizarre de mon père, je crains mille obstacles de sa part ; que sais-je si son caprice n'irait point jusqu'à ne pas souffrir ce mariage, quelque avantageux qu'il me puisse être, s'il ne trouvait en même temps un parti considérable pour ma sœur. Vous auriez de la peine à croire quel est son entêtement là-dessus.

Mme ARGANTE : Je vous aime trop, je crois tout ce que vous me dites, je veux tout ce que vous voulez ; vous n'auriez pas de gloire à me tromper.

SCÈNE XII

Madame ARGANTE, ANGÉLIQUE, LISETTE

LISETTE : Monsieur, voilà un Monsieur de Pharnabasac qui vous demande.

ANGÉLIQUE : Pharnabasac dis-tu, Pharnabasac ?

LISETTE : Oui, Monsieur de Pharnabasac.

ANGÉLIQUE : L'étrange homme que Monsieur de Pharnabasac, de me venir rendre visite chez Madame…

Mme ARGANTE : Vous êtes le Maître, qu'il vienne ; vous connaissez des noms bien hétéroclites, Monsieur le Comte.

ANGÉLIQUE : C'est un joueur, une espèce de fripon même, je vous l'avoue, avec qui je prévois que j'aurai du bruit[7].

Mme ARGANTE : Comment du bruit ? gardez-vous-en bien ; je devine ce que c'est, vous lui devez de l'argent.

ANGÉLIQUE : Oui, Madame, une bagatelle, trois cents pistoles qu'il m'a demandées avec une insolence…

Mme ARGANTE : Je le crois bien, à son nom seul je gagerais que c'est un brutal. Le voici, quelle physionomie !

---

7   Démêlé, querelle.

SCÈNE XIII

Madame ARGANTE, ANGÉLIQUE, LISETTE, MERLIN

MERLIN, *déguisé* : Bonjour Madame, votre valet.

ANGÉLIQUE : Ah ! Lisette, Merlin est ivre, tout est perdu.

MERLIN : J'entre assez librement, comme vous voyez, mais c'est ma manière, et de tout temps les Pharnabasac ont toujours été sans façon. Bonjour ivrogne, c'est toi que je cherche.

Mme ARGANTE : Ce Monsieur le Chevalier vient de faire la débauche.

MERLIN : Non Madame, mais j'ai bien dîné, et ma passion dominante à moi, c'est de rendre des visites sérieuses en sortant de table.

ANGÉLIQUE : En vérité, Monsieur de Pharnabasac, vous prenez aussi mal votre temps.

MERLIN : Je prends mal mon temps, dites-vous ; parbleu, mon cher, il me semble que pour vider les petits comptes que nous avons ensemble, je ne te puis mieux joindre que dans cette maison.

LISETTE : Il vient au fait, ne vous effarouchez point.

ANGÉLIQUE : Comment donc, que voulez-vous dire ? il semble que vous preniez Madame pour ma Trésorière.

MERLIN : Pourquoi non, si elle ne l'est pas encore, il ne tiendra qu'à elle de la devenir. Voici une des occasions des plus favorables, Madame, un petit Gentilhomme d'aussi bon air, vaut assez qu'on fasse quelque chose pour lui.

ANGÉLIQUE : Il est ivre, Madame, comme vous voyez.

LISETTE : Son ivresse est de bon sens, laissez-le faire.

Mme ARGANTE : Je le trouve impertinent dans toutes ses manières.

ANGÉLIQUE : Je vais le brusquer et l'obliger à sortir.

Mme ARGANTE : Le brusquer ? non, n'en faites rien.

MERLIN : Quelle petite conversation avez-vous là tous trois en votre petit particulier ? vous parlez de moi, sur ma parole !

ANGÉLIQUE : Il faut vous débarrasser de cet ivrogne.

MERLIN : Le beau brin de femme, morbleu, le beau brin de femme !

ANGÉLIQUE : Je ne m'attendais point à le voir dans cet état.

LISETTE : Soutenez la gageure, vous dis-je.

MERLIN : Je suis dans l'admiration depuis les pieds jusqu'à la tête.

Mme ARGANTE : Il a du bon dans ses manières.

MERLIN : Où ce petit fripon-là déterre-t-il les beautés ? cette Marquise encore, elle est drue, elle est drue[8] !

ANGÉLIQUE : Il ne sait pas ce qu'il dit.

MERLIN : Et à propos de cette Marquise, tu n'es donc plus dans le goût de l'épouser, voilà qui est fini, tu as bien fait si tu ne l'épouses pas ; pourtant tu seras obligé à de grandes restitutions.

Mme ARGANTE : Comment, Monsieur, des restitutions s'il ne l'épouse point ; expliquez-vous, s'il vous plaît.

MERLIN : Ils auront quelques petits comptes à faire ensemble.
Mme ARGANTE : Parlez plus clairement, je vous prie.

---

8   Qui se porte bien.

MERLIN : Il vous en coûtera quelques milliers de pistoles, pour le tirer des mains de cette Marquise.

Mme ARGANTE : Faites-moi comprendre cette énigme, Monsieur le Comte ?

ANGÉLIQUE : Je n'y comprends rien moi-même.

MERLIN : Il est engagé au moins ce jeune homme ; mais baste, ce n'est pas là ce qui m'amène ; parlons d'autres choses. Hé bien qu'est-ce, ces trois cents pistoles que tu me dois, n'es-tu point las de me faire attendre, Madame va-t-elle me les compter, veux-tu me donner une lettre de change sur quelqu'une de tes maîtresses ?

Mme ARGANTE : Sur quelqu'une de ses maîtresses ?

ANGÉLIQUE : Il fait le mauvais plaisant, Madame. Si la patience m'échappe une fois…

MERLIN : Cela m'est indifférent, moi ; çà, dépêchons, je vous prie, j'ai d'autres affaires. Allons, Madame, de l'argent !

Mme ARGANTE : Mais vraiment, Monsieur de Pharnabasac est un voleur de grand chemin.

MERLIN : Vous pourriez vous énoncer plus civilement Madame, voleur de grand chemin ! et morbleu, je suis chez vous !

ANGÉLIQUE : Écoutez Monsieur de Pharnabasac, vous n'êtes pas en état qu'on vous parle raison ; si pourtant vous continuez à me fâcher, je vous la ferai entendre d'une manière…

Mme ARGANTE : Monsieur le Comte, qu'allez-vous faire ?

MERLIN : Il est violent le petit homme !

LISETTE : Ils s'égorgeront dans votre chambre, si vous n'y mettez ordre !

Mme ARGANTE : Quel ordre y mettre, à moins de lui donner trois cents pistoles !

ANGÉLIQUE : Les lui donner, Madame, j'aimerais mieux mille fois…

LISETTE : Hé ! le petit mutin ; Madame il n'y a point d'autre parti à prendre.

MERLIN : Non, s'il vous plaît Madame, je ne les veux pas recevoir de votre main ; je ne prétends pas qu'on dise que je suis un voleur, mais Monsieur me doit trois cents pistoles, n'est-il pas juste qu'il me les paye ? La vérité est que si je ne les ai tout à l'heure d'une façon ou d'une autre, je vous estime et vous respecte Madame, je ne veux point faire de bruit dans votre maison, mais j'aurai le plaisir de le tuer à votre porte.

Mme ARGANTE : Le plaisir de le tuer, ah juste Ciel !

MERLIN : Je me moque de tout, moi.

Mme ARGANTE : Monsieur de Pharnabasac, je vais vous chercher de l'argent.

ANGÉLIQUE : Non, Madame, n'en faites rien ; je vous en conjure !

LISETTE : Dépêchez-vous Madame, ce n'est pas lui qu'il en faut croire, le petit déterminé.

Mme ARGANTE : Monsieur le Comte, venez avec moi.

LISETTE : Hé ! allez, allez Madame, ne craignez rien, je les séparerai s'ils se veulent battre.

MERLIN : Nous battre, et morbleu pourquoi nous battre, puisque Madame nous accorde ?

Mme ARGANTE : Vous me promettez d'être sages !

ANGÉLIQUE : Je souscris à ce que vous voulez, mais je me fais une terrible violence pour vous obéir.

LISETTE : Le petit cœur de lion ! allez vite, Madame, allez vite.

SCÈNE XIV

ANGÉLIQUE, LISETTE, MERLIN

MERLIN : Est-elle partie ?

LISETTE : Oui.

MERLIN : Il me semble que pour un ivrogne, je me suis assez bien tiré d'affaires.

ANGÉLIQUE : Pourquoi donc affecter de la paraître ? tu m'as d'abord fort embarrassée.

MERLIN : Pourquoi, Madame, c'est une petite fantaisie qui m'a prise en venant ici ; j'ai plus d'un rôle à jouer dans cette Comédie, et l'air et le ton d'un ivrogne déguisent parfaitement un visage.

ANGÉLIQUE : Où est Éraste ?

MERLIN : Où vous l'avez laissé, chez Monsieur de Bonnefoy, ils m'attendent avec les trois cents pistoles.

LISETTE : Sans cela il n'y aurait donc rien à faire !

MERLIN : Non mon enfant, point d'argent, point de notaire ; c'est la coutume de Paris ;
ANGÉLIQUE : Ce commencement n'est pas malheureux.

MERLIN : La Marquise de la Tribaudière attend que le Chevalier de Pharnabasac soit sorti pour prendre sa place. Nous ferons faire du chemin à Madame Argante en peu de temps.

ANGÉLIQUE : J'appréhende qu'elle ne se rebute.

MERLIN : Ne le craignez point, j'ai la pratique, et je connais les femmes ; une jeune personne se résout sans peine à perdre un Amant dans l'espoir d'en faire aisément un autre, mais une vieille amoureuse craint de lâcher prise. Ce serait passer pour n'y plus revenir.

LISETTE : La belle morale !

MERLIN : Elle est bien vraie, songez donc...

LISETTE : Songe toi-même à reprendre ton sang-froid. Voici Madame.

SCÈNE XV

Madame ARGANTE, ANGÉLIQUE, LISETTE, MERLIN

MERLIN : Oui, je vous le dis naturellement moi, cette Madame Argante est mieux votre fait qu'aucune autre, une brave femme, belle, bien faite, jeune avec cela, et qui dans les choses assurément fait voir que…. Ah ! Madame, je vous demande pardon, je disais librement mes petites pensées à ce petit jeune homme ; je suis sans rancune, qu'on me doive de l'argent, je le demande, quand je suis payé, je n'en demande plus.

Mme ARGANTE : Il y a trois cents louis d'or dans cette bourse, Monsieur.

MERLIN : Ce sont des louis neufs, Madame.

Mme ARGANTE : Oui vraiment.

MERLIN : Valant douze livres dix sols pièce.

Mme ARGANTE : Douze livres dix sols, je n'en ai point d'autres.

MERLIN : Il serait malhonnête que vous payassiez les gens en vieille monnaie ; cela serait suspect voyez-vous.

ANGÉLIQUE : Mon cher Monsieur de Pharnabasac, finissons je vous prie ; vous êtes content, serviteur.

MERLIN : Votre valet, adieu jusqu'au revoir. - Voilà la plus obligeante personne que je connaisse.

SCÈNE XVI

Madame ARGANTE, ANGÉLIQUE, LISETTE

ANGÉLIQUE : Je suis au désespoir de cette aventure, et tout à fait confus de la manière dont elle se termine.

LISETTE : Bon, confus, est-ce que les jeunes gens d'aujourd'hui rougissent de ces sortes de choses ? il faut regarder ces trois cents pistoles comme un échantillon du présent de noces que Madame vous fait.

Mme ARGANTE : Monsieur de Bonnefoy va-t-il venir ?

LISETTE : Un de vos laquais est allé chez lui ; voulez-vous que j'en envoie encore un autre ? j'ai autant d'impatience que vous, et je voudrais déjà que tout fût signé.

ANGÉLIQUE : Lisette est beaucoup dans mes intérêts.

LISETTE : Vous ne m'en avez pas toute l'obligation, ce n'est que par rapport à Madame ; je suis franche comme vous voyez.

SCÈNE XVII

Madame ARGANTE, ANGÉLIQUE, LISETTE, JASMIN

JASMIN : Monsieur, il y a là-bas une Dame dans un grand carrosse doré, qui vous demande.

Mme ARGANTE : Une Dame, qui vous demande !

LISETTE : Il semble que ce soit ici le Bureau d'adresses.

ANGÉLIQUE : Une Dame qui me demande, quel contretemps !

Mme ARGANTE : Que ne disiez-vous que Monsieur n'y était pas, petit animal ?

JASMIN : Oh dame ! Madame, je ne savais pas que vous ne vouliez pas qu'il y fût.

ANGÉLIQUE : Toutes sortes de malheur m'arrivent.

LISETTE : Ne devinez-vous point qui ce peut être ?

ANGÉLIQUE : Cela n'est pas difficile, un grand carrosse doré ; c'est la Marquise assurément.

Mme ARGANTE : Cette Marquise de la Tribaudière ?

ANGÉLIQUE : Oui Madame.

JASMIN : Elle dit que vous vous dépêchiez de descendre, et que vous ne lui donniez pas la peine de vous venir quérir.

ANGÉLIQUE : Ma pauvre Lisette, il faut que tu ailles lui parler, je te prie.

LISETTE : Que lui dirai-je ?

ANGÉLIQUE : Tu lui diras… Il vaut mieux que j'y aille moi-même.

LISETTE : Elle vous enlèvera.

Mme ARGANTE : Demeurez ici, Monsieur le Comte.

ANGÉLIQUE : Hé bien donc, Lisette, tu lui diras…

LISETTE : Ma foi, vous lui direz vous-même. Elle s'est impatientée, je crois que la voici.

Mme ARGANTE : Dépêchez-vous de la renvoyer.

SCÈNE XVIII

Madame ARGANTE, ANGÉLIQUE, LISETTE, CHAMPAGNE déguisé en Marquise

CHAMPAGNE : Ma bonne Dame, votre très humble servante. Sans ce Gentilhomme qui est toujours chez vous, à ce qu'on dit, je ne vous rendais pas une visite aussi hors d'œuvre[9], que celle-ci.

LISETTE : Voilà une Marquise tout à fait honnête.

ANGÉLIQUE : Ne la brusquez point, Madame, c'est une extravagante.
Mme ARGANTE : J'aurai bien de la peine à m'empêcher de lui dire son fait.

---

9   Inappropriée

CHAMPAGNE : Hé bien ! Monsieur, avez-vous bientôt fini ; viendrez-vous ? Votre père et mon neveu le Chevalier Jumeau, nous attendent.

Mme ARGANTE : En vérité, Madame, vous jouez un bien étrange personnage. Courir ainsi après un jeune homme !

CHAMPAGNE : Comment donc, Madame, qu'est-ce que cela signifie ? ne doit-il pas être mon mari ce jeune homme ?

Mme ARGANTE : Votre mari ? lui, votre mari ?

LISETTE : Bon, cela commence fort bien.

Mme ARGANTE : Monsieur le Comte, détrompez Madame s'il vous plaît.

ANGÉLIQUE : La détromper, c'est là la folie, ne vous l'ai-je pas dit ?

CHAMPAGNE : Parlez, Monsieur, parlez, quelles mesures gardez-vous, qui vous empêchent de dire naturellement la vérité ?

ANGÉLIQUE : Que me servirait-il de la dire, Madame, ne vous ai-je pas là-dessus expliqué cent fois mes pensées ?

Mme ARGANTE : Il est vrai, qu'il faut être étrangement entêtée de chimères.

CHAMPAGNE : Comment de chimères ? vous souffrez qu'on m'appelle chimères, Monsieur ?

LISETTE : Si la conversation s'échauffe, la Marquise aura sur les oreilles[10].

CHAMPAGNE : Parlez, Monsieur, parlez, n'ai-je point la parole de votre père ?

ANGÉLIQUE : Je veux croire qu'il vous l'a donnée.

---

10 Va recevoir une correction.

Mme ARGANTE : Quoi, Monsieur !

ANGÉLIQUE : C'est pour cela que je vous recommandais le secret.

CHAMPAGNE : Votre sœur ne doit-elle pas épouser mon neveu ?

ANGÉLIQUE : Il me semble que j'en ai ouï parler.

Mme ARGANTE : Vous ne m'en avez jamais rien dit.

ANGÉLIQUE : À quoi bon vous entretenir de ces bagatelles ?

CHAMPAGNE : Ne donnai-je pas à mon neveu, le meilleur et le plus beau de mon bien en faveur de ce mariage ?

ANGÉLIQUE : C'est une condition que mon père exigeait de vous.

CHAMPAGNE : Vraiment, s'il ne l'exigeait pas, je me garderais bien de me la faire moi-même. Vous devez, après sa mort, être le maître de tout son bien. N'est-ce pas juste qu'il cherche à assurer la fortune de votre sœur ?

ANGÉLIQUE : Mon père a ses vues, Madame, et j'ai les miennes.

Mme ARGANTE : Tout ce qu'elle dit est donc vrai, Monsieur le Comte ?

CHAMPAGNE : Oui, Madame, et je ne suis point une chimère comme vous voyez.

Mme ARGANTE : Pourquoi me faire un mystère de tout cela ?

ANGÉLIQUE : Par quelle raison vous en importuner ; ai-je dessein de sacrifier ma tendresse aux intérêts de ma sœur ?
CHAMPAGNE : Ah le dénaturé !

ANGÉLIQUE : Ne suis-je pas prêt à désobéir à mon père ?

CHAMPAGNE : Le petit impie !

ANGÉLIQUE : Et à faire serment à Madame, que je me donnerai plutôt la mort, que de me soumettre à l'épouser.

CHAMPAGNE : L'insolent ! à ma barbe oser s'expliquer de la sorte !

LISETTE : Voilà ce qu'on peut appeler un sacrifice dans les formes !

Mme ARGANTE : Je suis charmée de son procédé.

ANGÉLIQUE : Que je ne veux aimer que vous seule au monde.

CHAMPAGNE : Et là, là, petit garçon, votre père vous rangera ; donnez-vous patience.

ANGÉLIQUE : Mon père est trop raisonnable, Madame, pour me forcer d'être la victime d'un entêtement comme le vôtre.

Mme ARGANTE : C'est une chose épouvantable, de persécuter de la sorte un enfant, que vous voyez bien qui ne vous aime point.

CHAMPAGNE : Et si, si, Madame, vous devriez rougir de me le débaucher comme vous faites.

Mme ARGANTE : De vous le débaucher, Madame ! de quels termes vous servez-vous, s'il vous plaît ?

CHAMPAGNE : Je me sers de termes qui conviennent fort au sujet.

Mme ARGANTE : Je pourrais bien me servir de la seule manière qu'il y a d'y répondre.

ANGÉLIQUE : Ah Madame !
LISETTE : Ne vous emportez point, Madame, Monsieur le Comte vous vengera lui-même, et Madame sera assez punie de ne le point épouser.

CHAMPAGNE : Je ne l'épouserais pas moi ? j'aurai tout fait pour lui !

Dis le contraire, petit ingrat, dis le contraire. Argent comptant, pierreries, et ma vaisselle même. J'ai sacrifié tout à tes folles dépenses, et je te souffrirais après cela dans les bras d'une autre !

ANGÉLIQUE : Hé bien, Madame, sont-ce là des titres pour me forcer à devenir votre époux malgré moi ?

LISETTE : Bon, si on épousait d'obligation toutes celles qui font ces extravagances, il y a mille jeunes gens qui auraient plus d'une douzaine de femmes !

CHAMPAGNE : Je n'ai personne ici dans mes intérêts, mais ton père me fera raison de tes perfidies, je vais te l'amener, tu n'as qu'à l'attendre, tu n'as qu'à l'attendre !

SCÈNE XIX

Madame ARGANTE, ANGÉLIQUE, LISETTE

LISETTE : Nous amener Monsieur votre père, quelle aubade ! on dit que c'est l'homme du monde le plus extraordinaire.

ANGÉLIQUE : Voilà ce que j'appréhendais le plus, je vous l'avoue.

Mme ARGANTE : Quelles mesures prendrons-nous ?

ANGÉLIQUE : Je ne sais où j'en suis.

LISETTE : Il n'y a rien de plus embarrassant.

Mme ARGANTE : Ne peut-on point trouver quelque moyen ?

ANGÉLIQUE : Cherche, invente, ma pauvre Lisette.

LISETTE : Attendez !

Mme ARGANTE : As-tu imaginé quelque chose ?

LISETTE : Il me roule de petits projets dans la tête : un peu de patience.

Mme ARGANTE : Dis-nous vite ce que c'est.

LISETTE : Dites-moi un peu avant toutes choses, Monsieur votre père est-il fort entêté de cette Marquise ?

ANGÉLIQUE : On ne peut pas plus ; mais seulement à cause de ma sœur et de ce neveu qui doit l'épouser.

LISETTE : Et du bien que la tante assure au neveu.

ANGÉLIQUE : Justement.

LISETTE : Nous ne réduirons jamais ce père-là.

Mme ARGANTE : Par quelle raison ?

LISETTE : Par la raison que vous n'avez point de neveu à donner à sa fille. Si Monsieur votre fils était un garçon à faire les choses de bonne grâce encore on pourrait raisonner sur ce principe. Je crois que le voici ; c'est le hasard qui vous l'amène.

Mme ARGANTE : Sa visite me peine autant que celle de la Marquise.

SCÈNE XX

Madame ARGANTE, ANGÉLIQUE, ÉRASTE, LISETTE

ÉRASTE : Il court un bruit dans le monde, Madame, qui ne me paraît point étrange, et je me suis toujours attendu… Mais que vois-je ? serait-ce là le beau-père que vous me destinez ?

ANGÉLIQUE : Est-ce vous, Éraste, qui êtes le fils de Madame ?

Mme ARGANTE : Que cela ne vous surprenne point ; quoiqu'il paraisse déjà formé, il n'y a rien de plus jeune.

LISETTE : Et quoique Madame soit sa mère, elle est pourtant aussi jeune que Monsieur son fils !

ÉRASTE : Vous faites un bon choix, Madame, je n'aurai pas lieu de m'en plaindre apparemment, et le Comte est trop gros Seigneur, pour se laisser gouverner par l'intérêt.

Mme ARGANTE : Tant que vous serez raisonnable, je ne chercherai point à vous chagriner.

ÉRASTE : J'ai tout lieu de le croire ainsi ; mais la Marquise, Comte, que dira-t-elle ? Vous ne connaissez peut-être pas cette Marquise, Madame, c'est une terrible femme, et qui a de grandes prétentions sur Monsieur le Comte.

LISETTE : Nous ne la connaissons pas, elle sort d'ici, et Madame votre mère aura grand besoin de vous dans cette affaire.

ÉRASTE : Il n'y a rien que je ne fasse pour l'obliger.

Mme ARGANTE : C'est une folle qui ne sait ce qu'elle dit.

LISETTE : Ma foi, Madame, s'il ne consent à épouser sa sœur, le frère ne sera point pour vous, sur ma parole.

Mme ARGANTE : Mais à moins que ce ne soit une nécessité indispensable…

LISETTE : Mais outre la nécessité, Madame, en le mariant de cette manière, vous n'aurez pas le chagrin que de petits marmots vous appellent ma grand-maman ; et les enfants de votre fils, ne seront que vos neveux.

Mme ARGANTE : Tu as raison.

LISETTE : La rencontre est tout à fait heureuse ; il faut qu'il prenne la place du neveu, vous dis-je.

ÉRASTE : Qu'est-ce que la place du neveu ? que veux-tu dire ?

LISETTE : Oui, du neveu de Madame de la Tribaudière, par exemple. Il faudrait que vous prissiez la peine d'épouser une fort aimable personne, qui est la sœur de Monsieur le Comte.

ÉRASTE : La sœur du Comte !

LISETTE : Est-ce que vous la connaissez ?

ÉRASTE : Si je la connais !

LISETTE : Et vous auriez la bonté d'agréer que dans le Contrat, Madame votre mère vous fît une donation de son bien comme à son beau-frère ; auriez-vous bien la force de vous y résoudre ?

ÉRASTE : Pour faire plaisir à Madame, je ferai tout ce qu'elle voudra.

LISETTE : Quelle soumission !

ANGÉLIQUE : Ah ! voici la Marquise avec mon père.

SCÈNE XXI

Madame ARGANTE, ANGÉLIQUE, ÉRASTE, LISETTE, MERLIN *déguisé en vieillard*, CHAMPAGNE *déguisé en Marquise*

MERLIN : Hé bien ! où est-il ce jeune homme, et morbleu ! Madame, n'ayons point de bruit ensemble. Prêtez-moi mon fils pour une demi-heure.

Mme ARGANTE : Que je vous le prête, Monsieur ? je ne sais de quels mauvais contes Madame de la Tribaudière vous a prévenu !

CHAMPAGNE : Je vous avais bien dit, que je l'amènerais.

Mme ARGANTE : Mais je ne suis pas cause de tout le mépris que Monsieur votre fils a pour elle.

CHAMPAGNE : Vous voyez, Monsieur, comme on me traite.

MERLIN : Le mépris ne fait rien à la chose, Madame, qu'on se méprise, qu'on se déteste, on ne laisse pas souvent de s'épouser. On en vit ensemble plus commodément. Allons, petit drôle, qu'on se range à son devoir.

ANGÉLIQUE : Hé, de grâce, mon père !

MERLIN : Tu l'épouseras.

ANGÉLIQUE : Ne forcez point mon inclination !

Mme ARGANTE : Je ne lui fais pas dire, comme vous voyez.

MERLIN : Il l'épousera, Madame, ou je ne suis pas son père.

Mme ARGANTE : Ne vous rendez pas, Monsieur le Comte !

MERLIN : Voici tout à propos Monsieur de Bonnefoy mon notaire, comme si je l'avais mandé.

LISETTE : Votre notaire, Monsieur de Bonnefoy ! c'est bien le nôtre s'il vous plaît. - L'affaire est en bon train, ne faites point trop le difficile.

MERLIN : Tout ira bien, ne te mets pas en peine.

SCÈNE XXII

Madame ARGANTE, ANGÉLIQUE, ÉRASTE, LISETTE, MERLIN, CHAMPAGNE, Monsieur de BONNEFOY

M. de BONNEFOY : Toute l'honorable compagnie présente et à venir, Salut !

MERLIN : Approchez, Monsieur de Bonnefoy, approchez !

Mme ARGANTE : Comment, Monsieur, que voulez-vous faire ?

M. de BONNEFOY : J'allais passer chez vous en sortant d'ici, Monsieur. J'ai sur moi vos Contrats tout dressés, n'y a que les noms qui sont en blanc.

MERLIN : Nous ne tarderons pas à les remplir : avec votre permission, Madame.

Mme ARGANTE : Comment, Monsieur, vous prétendez passer vos Contrats dans ma maison ? je ne comprends rien à tout votre procédé.

MERLIN : Cela sera fait dans un petit moment.

Mme ARGANTE : Monsieur de Bonnefoy, je déchirerai vos papiers !

ANGÉLIQUE : Hé ! laissez-le faire, Madame, je me tuerai plutôt que de rien signer contre mon sentiment.

MERLIN : Ouais ! mais voici un petit fripon, qui devient bien rétif.

CHAMPAGNE : Vous en étonnez-vous ? c'est Madame qui le gâte.

ANGÉLIQUE : Hé, mon père ! rendez justice à votre choix et au mien ; examinez Madame la Marquise ; je lui demande pardon de lui parler ainsi devant elle : mais enfin, elle m'y réduit ; voyez son air et ses manières, et regardez sans prévention les charmes de Madame.

Mme ARGANTE : Sans vanité, il y a quelque différence.

MERLIN : Oui, Madame de la Trébaudière a le visage plus mâle à ce qu'il me semble.

ANGÉLIQUE : Si vous m'avez donné la vie, ne me la rendez point insupportable !

MERLIN : Il m'attendrit.

LISETTE : Courage, Monsieur.

ANGÉLIQUE : Et ne me contraignez point à la passer avec une personne que je ne puis souffrir.

Mme ARGANTE : Qu'il s'énonce agréablement !

MERLIN : Oui, vraiment, il s'explique net ; qu'en dites-vous ?

CHAMPAGNE : J'en dis que tout cela ne m'étonne point. Vous me l'avez promis, je le veux avoir ; ou votre fille n'aura ni mon bien, ni mon neveu.

MERLIN : Ah ! vous l'aurez, Madame, vous l'aurez. Allons, allons, Monsieur de Bonnefoy, j'ai donné ma parole. Elle est inviolable. Écrivez.
Mme ARGANTE : Il fera bien d'aller écrire dans la rue !

ANGÉLIQUE : Hé bien, mon père ! si l'établissement de ma sœur est une chose où vous soyez si sensible, il se rencontre ici une aventure merveilleuse.

MERLIN : Comment ?

ANGÉLIQUE : Ma sœur aime tendrement le fils de Madame que vous voyez.

MERLIN : Ma fille aime Monsieur ?

ANGÉLIQUE : Oui, mon père, et Monsieur est passionnément amoureux d'elle.

MERLIN : Ouais, mais voici un amour bien prompt ; je n'en avais jamais ouï parler.

Mme ARGANTE : Ni moi non plus, vraiment !

ÉRASTE : Il y a quelque temps, Madame, que je voulus vous ouvrir là-dessus mon cœur, vous ne voulûtes pas m'écouter.

Mme ARGANTE : Quoi, c'était elle !…

ÉRASTE : Elle-même, Madame, nous en avons parlé cent fois, le Comte et moi, sans qu'il sût ce que je vous suis. Comme j'ignorais les engagements où il était avec vous.

MERLIN : Je ne m'étonne pas que vous les ayez rencontrés tantôt ensemble.

Mme ARGANTE : Mais, vraiment, cela est tout à fait extraordinaire !

MERLIN : Voilà des incidents qui veulent dire quelque chose, Madame la Marquise.

CHAMPAGNE : Ce ne sont que des chansons ; mais que Madame fasse pour Monsieur son fils, ce que je suis prête à faire pour mon neveu. Je lui donne soixante mille écus en faveur de ce mariage.

LISETTE : Soixante mille écus !

ANGÉLIQUE : Si jamais je vous fus cher, Madame, il est temps de vous déclarer.

MERLIN : Allons, à soixante mille écus ce jeune homme !

Mme ARGANTE : Et moi je donne deux cent mille francs à Éraste.

ÉRASTE : Que j'ai de grâces à vous rendre !

MERLIN : À deux cent mille francs, une fois, deux fois, à deux cent mille francs !

ÉRASTE : Allons, Monsieur de Bonnefoy, remplissez du nom de Madame ; et marquez bien les deux cent mille francs.

CHAMPAGNE : Il me reste pour deux mille écus.

MERLIN : Attendez, Monsieur, voici une enchère. Hé bien, Madame ?

CHAMPAGNE : Oui, j'ai encore pour deux mille écus de pierreries, que je m'oblige de donner à votre fille.

LISETTE : Allons, ferme, Madame, il ne faut point laisser aller un si bon marché pour si peu de choses !

MERLIN : À deux cent six mille six cents livres à cause de la passe des écus.

Mme ARGANTE : J'en ai pour plus de vingt mille livres, dont je lui donne la moitié.

MERLIN : À deux cent dix mille livres une fois, deux fois, à deux cent dix mille livres. Écrivez, Monsieur de Bonnefoy ; adjugé à la plus offrante. Ne voudriez-vous point y mettre quelque chose de plus ?

CHAMPAGNE : Oui, Monsieur, c'est ainsi que vous me tenez ce que vous m'avez promis ?

MERLIN : Que voulez-vous que je fasse, Madame ? je suis engagé de parole avec vous, j'en demeure d'accord ; mais vous savez que depuis quelque temps, la parole est l'esclave de l'intérêt.

CHAMPAGNE : Vous n'êtes pas encore où vous pensez ; je l'aurai mort ou vif, et le Chevalier Jumeau mon neveu, n'est pas homme à souffrir qu'on fasse un affront de la sorte à sa tante de la Tribaudière.

SCÈNE XXIII

Madame ARGANTE, ANGÉLIQUE, ÉRASTE, LISETTE, MERLIN, Monsieur de BONNEFOY

ÉRASTE : Elle sort fort irritée.

LISETTE : Vous voilà maîtresse du champ de bataille !

MERLIN : Vous voyez, comme je rends justice au mérite !

Mme ARGANTE : Je n'ai fait tout ceci que pour vous, Monsieur le Comte.

ANGÉLIQUE : J'y prends autant de part qu'Éraste, je vous assure.

M. de BONNEFOY : Il n'y a plus qu'à signer.

Mme ARGANTE : Allons, Monsieur.

M. de BONNEFOY : Non, Madame, signez s'il vous plaît. Ces Messieurs ne signeront qu'après la fille.

MERLIN : Oui, Madame, c'est la règle.

Mme ARGANTE : Vous savez mieux ces choses que moi.

MERLIN : Voilà une maladie qui m'a bien donné de la peine. Hé bien, Monsieur, cela est-il dans les formes ?

M. de BONNEFOY : Il n'est plus question maintenant…

MERLIN : Je vous entends. Holà ! Comte, accompagnez Monsieur jusqu'au logis ; faites signer votre sœur et l'amenez ici.

Mme ARGANTE : Il vaut mieux que nous l'allions trouver tous ensemble.

MERLIN : Tous ensemble, Madame, non pas s'il vous plaît ; il y a de certaines bienséances qu'il est bon d'observer. Je suis rigide en diable moi sur les bienséances.

LISETTE : Ne vous a-t-on pas dit que c'était l'homme du monde le plus bizarre et le plus capricieux ? laissez-le faire, de peur de quelque inconvénient.

Mme ARGANTE : Il faut vouloir ce que vous voulez ; mais ne tardez pas, Monsieur le Comte !

ANGÉLIQUE : Je serai de retour dans un moment.

SCÈNE XXIV

Madame ARGANTE, ÉRASTE, LISETTE, MERLIN

MERLIN : Voilà un petit drôle assez bien tourné au moins.

LISETTE : On n'a que faire de nous le dire.

MERLIN : Vous n'avez jamais vu sa sœur ?

Mme ARGANTE : Non, jamais.

MERLIN : C'est encore un petit charme : elle lui ressemble, comme deux gouttes d'eau. N'est-il pas vrai ?

ÉRASTE : C'est la plus adorable personne du monde, et je ne sais, Monsieur, comment vous exprimer…

MERLIN : Le plus joli esprit, vous serez charmée d'avoir une belle-sœur comme elle : car il ne faudra pas la nommer votre bru.

Mme ARGANTE : Non, vraiment.

MERLIN : Et je ne prétends pas qu'elle vous appelle sa belle-mère.

LISETTE : Cela serait ridicule.

MERLIN : Le terme de belle-sœur a quelque chose de bien plus agréable à l'oreille.

Mme ARGANTE : Cela me paraît ainsi.

MERLIN : Il y a quelque chose de trop sérieux dans l'autre.

Mme ARGANTE : Vous avez raison. Que veut cet homme ?

SCÈNE XXV

Madame ARGANTE, ÉRASTE, LISETTE, MERLIN, LA FLEUR

MERLIN : C'est mon Page, Madame ; le voilà bien essoufflé.

LA FLEUR : Ah, Monsieur !

MERLIN : Qu'as-tu ?

LA FLEUR : Monsieur.

Mme ARGANTE : Qu'est-ce qu'il y a ?

LA FLEUR : Madame de la Tribaudière.

MERLIN : Qu'a-t-elle fait ?

LA FLEUR : Elle enlève Monsieur le Comte !

Mme ARGANTE : Elle enlève Monsieur le Comte ?

LISETTE : L'effrontée, enlever un homme !

LA FLEUR : Elle a le diable au corps ; elle enlève aussi le notaire. Elle les guettait au sortir d'ici.

MERLIN : Madame de la Tribaudière enlève mon enfant. Elle l'épousera.

Mme ARGANTE : Comment, Monsieur, elle l'épousera ?

MERLIN : Est-ce que vous voudriez l'épouser, vous, après un tel affront ?

Mme ARGANTE : Cela ne déshonore point un jeune homme : il faut faire vos diligences.

MERLIN : Elles seraient inutiles, Madame, cette Madame de la Tribaudière est une étrange femme, et je crains bien qu'on n'ait jamais aucunes nouvelles, ni d'elle, ni de mon fils.

Mme ARGANTE : Ah ! juste Ciel ! que dites-vous ?

MERLIN : Je suis si désespéré moi-même, que je crois qu'on n'entendra jamais parler du père.

Mme ARGANTE : Je meurs de chagrin, ne m'abandonne pas, Lisette ; je vais faire informer de tout ceci.

MERLIN : Elle aura peine à trouver des témoins.

ÉRASTE : Que je crains son ressentiment quand elle sera détrompée.

MERLIN : Il faudra bien qu'elle prenne patience ; ne songez qu'à votre bonheur. Vous allez posséder Angélique, vous devez être content. Je voudrais de tout mon cœur que la compagnie le fût aussi.